LÉONIDE ANDRÉIEFF

AU SECOURS !

(S. O. S.)

PRÉFACE DE V. BOURTZEFF

PARIS

Imprimerie « Union », 46, Bd Saint-Jacques

1919

LÉONIDE ANDRÉIEFF

AU SECOURS !

(S. O. S.)

PRÉFACE DE V. BOURTZEFF

PARIS

Imprimerie « Union », 46, Bd Saint-Jacques

1919

PRÉFACE

Nous n'avons pas à présenter Léonide Andreieff, le monde entier a depuis longtemps consacré sa célébrité littéraire. Mais ce que nous devons faire connaître, c'est que l'auteur des « Sept pendus » est un démocrate qui a toujours combattu le tzarisme, un ardent patriote et un ami des Alliés autant qu'un farouche ennemi des Bolcheviks et des Allemands.

Pendant la guerre, ses appels enflammés au peuple russe, aux ouvriers, aux paysans, aux soldats, ses anathèmes contre les Allemands et les Bolcheviks, produisirent en Russie une impression saisissante; ils furent répandus par millions d'exemplaires. Ils resteront parmi les documents les plus remarquables de notre époque.

Comme Russes, nous ne pouvons pas lire sans une profonde émotion le nouvel appel de Léonide Andreieff. Le grand écrivain y exprime nos pensées, notre amour et notre haine, nos inquiétudes et nos espoirs. Et nous voulons que dans les pays alliés on puisse lire en entier cette page.

C'est le cri de l'âme d'un ardent patriote et d'un démocrate. Il voit périr sa Patrie, mais, en même temps, il garde une foi entière dans son immense et radieux avenir.

Nous voulons que l'appel d'Andreieff soit entendu de tous : de nos amis, comme de nos ennemis.

Car ce qu'il dit, c'est ce que dit la grande majorité du peuple russe, c'est ce que cette majorité pense, et voudrait dire partout où règnent les bolcheviks et où ils oppriment si odieusement la pensée.

Dès le début des hostilités, les Russes d'accord avec les Alliés, ont juré de lutter jusqu'au bout. La Russie a sacrifié dans cette guerre des millions de ses enfants. Sans son aide et sans ses sacrifices, les Alliés n'auraient pas remporté la victoire et ils ne seraient pas aujourd'hui en Allemagne.

Les Russes, demeurés fidèles à leur engagement, attendent maintenant que les Alliés accomplissent leur devoir. Nous ne pouvons pas admettre un seul instant que nos espoirs sur ce point puissent être déçus.

Nous gardons fermement l'espérance que, finalement, après avoir perdu trop de temps précieux, nos Alliés viendront en aide à la Russie dans sa lutte avec les héritiers des Allemands et du tsarisme, avec les Bolcheviks.

Sans une victoire sur les Bolcheviks, la victoire des Alliés ne sera pas complète sur les Allemands.

Les Alliés ne pourront pas jouir de la paix tant que les Bolcheviks ne seront pas vaincus et tant que ne sera pas rétablie une Russie libre, grande et forte.

V. Bourtzeff.

20-III 1919

AU SECOURS !

(S. O. S.) [1]

Par LÉONIDE ANDREIEFF

La façon dont se comportent les gouvernements alliés à l'égard de la Russie est ou une trahison, ou une folie !..

Ou bien les Alliés savent ce que sont les bolcheviks qu'ils invitent à l'île des Princes pour conclure la paix avec la Russie qui saigne et qui meurt, et alors, c'est une simple trahison qui ne diffère de toute autre trahison que par l'immensité des proportions. Son résultat est aujourd'hui exactement le même qu'au temps de Judas: le Golgotha pour les uns et trente deniers pour les autres !

Ou bien les Alliés ne savent pas ce que sont les bolcheviks qu'ils invitent à une entrevue amicale, et alors c'est une folie. Une folie, parce qu'après les dix-huit mois du règne des bolchéviks en Russie, après les explosions du bolchevisme en Allemagne et ailleurs, seuls des fous peuvent ne pas voir et ne pas comprendre toute la force méchante et destructive de ces sauvages qui se sont dressés en Europe contre la civilisation, ses lois et son code moral.

Oui, il faut être fou pour ne pas comprendre les procédés simples et clairs du bolchevisme. Il faut être privé d'yeux comme les aveugles, ou avoir des yeux et ne rien voir, pour ne pas remarquer sur la face de la gigantesque Russie, le meurtre, la destruction, les hécatombes, les prisons, les maisons de fous; pour ne

---

pas se rendre compte qu'où la faim et l'épouvante ont conduit Petrograd et, hélas, bien d'autres cités…

Il faut être sans oreilles comme les sourds, ou avoir des oreilles et ne rien entendre, pour ne pas percevoir les sanglots et les soupirs, les pleurs des femmes, les cris déchirants des enfants, les râles des gens étouffés, le crépitement des armes à feu, tout ce qui est devenu pendant les derniers dix-huit mois le chant unique de la Russie.

Il faut absolument ignorer la différence entre la vérité et le mensonge, entre ce qui est permis et ce qui ne l'est pas, comme les fous, pour ne pas percevoir la signification des saturnales bolchevistes et leur inlassable duperie, tantôt stupide et sans vie, comme le marmottement d'un ivrogne — duperie des décrets de Lénine, — tantôt sonore et emphatique, — duperie des discours imprégnés de sang, du bouffon Trotzky — tantôt enfin, naïve et sans malice comme les mensonges qu'on emploie pour tromper les petits enfants.

Et encore : il faut être absolument dépourvu de mémoire comme ceux qui ont perdu la raison, pour oublier le train blindé de Lénine, pour oublier que le bolchevisme russe est sorti des coffres de la banque impériale allemande et de l'âme criminelle de Guillaume, pour oublier la paix de Brest-Litovsk, perpétrée par les agents de l'Allemagne, comme la dernière chance de victoire sur les Alliés. Il faut être absolument privé de mémoire pour oublier la Prusse et la Galicie, arrosées de sang russe ; pour oublier Korniloff, Kalédine, tombés victimes du devoir et de la fidélité aux Alliés ; pour oublier l'amiral Chastny et Doukhonine, la destruction de Yaroslav, les jeunes aspirants et les jeunes étudiants tombés sans perdre leur foi en la Russie, et en vous, chers Alliés ; pour oublier ces milliers d'officiers russes persécutés, assassinés, pourchassés comme des chiens, à cause de cette même foi, et que vous maintenant, — oh! je sais que vous le faites inconsciemment, — vous offensez avec une telle cruauté par votre manque de fermeté à l'égard de leurs assassins et leurs bourreaux.

Et pour comble, il faut oublier encore que Guillaume, empereur d'Allemagne, voulait déjeuner à Paris, et que, si ce n'est pas lui qui l'a fait, mais Wilson, c'est seulement parce que Wilson a pu sans danger traverser deux océans, l'Océan Atlantique et l'océan du sang russe versé pour la cause commune des Alliés.

Et encore: il faut être totalement dépourvu du sentiment de l'honnêteté, il faut être tout à fait incapable de distinguer le propre du sale, comme les fous qui se nourrissent de détritus et se lavent dans l'ordure, pour avaler avec un sourire aimable les outrages, les railleries et les soufflets dont les bolcheviks ont gratifié les représentants des nations alliées à Pétrograd.

Je n'ose pas parler de Wilson qui, en réponse à son télégramme plein de sympathie pour le jeune et «obligeant» gouvernement reçut une gifle sonore de Zinovieff, je ne l'ose pas parce qu'au chrétien et à l'ami de l'humanité, cela devait seulement fournir l'occasion de tendre l'autre joue — ce qui s'est passé sous nos yeux.

Et la ruée sur l'Ambassade britannique? Et les meurtres commis dans cette ambassade? Et la proclamation déclarant les sujets anglais hors la loi?

———

Il faut enfin être aussi sauvage que les bolcheviks, il faut être moralement estropié, pour avoir des oreilles et des yeux, une raison et une volonté et rester impassible devant la conduite inhumaine des bolcheviks et l'appeler d'un autre nom que crime, meurtre, duplicité et brigandage.

Il faut être absolument dénué de tout sentiment humain ou bien avoir la mentalité d'un idiot ou d'un fou pour pouvoir, en face d'une canaille violant une femme, ou devant une mère cruelle torturant son enfant, appeler cela « affaire intérieure » dont on n'a pas à se mêler, sous le prétexte que des actes pareils, quels que soient leurs auteurs, portent le nom de « socialisme » et de « communisme ».

Ces mots sacrés pour l'humanité ont le pouvoir de charmer l'âme humaine. Mais quand des clowns mal intentionnés appellent du nom de « garde avancée de la démocratie révolutionnaire chinoise » les ignares et les bas assassins chinois à gages, il faut avoir, non pas une âme vivante, mais une âme morte, pour tomber dans un piège aussi pitoyable et aussi éhonté. Oui, éhonté, car se servir d'assassins jaunes à gages pour exterminer les Européens, est un fait inouï jusqu'à maintenant dans les annales de la plus effroyable des tyrannies d'Europe.

Cela donne le frisson de penser que l'Europe, depuis plus d'une année contemple de tous ses yeux le spectacle de ces bêtes exotiques, qui arrachent notre cœur, sans arriver jusqu'à maintenant à distinguer si c'est une « garde avancée de la démocratie » ou une « garde avancée de démons » sortis de l'enfer à seule fin de ruiner notre malheureux pays... Elle voit et, tout de même, elle envoie ses invitations pour l'Ile des Princes.

Pourtant, personne ne peut admettre que les grandes puissances soient gouvernées par les clients d'une maison d'aliénés. Leurs représentants sont connus dans le monde entier comme des hommes énergiques ayant fait preuve de tellement de bon sens au cours de la guerre, qu'ils ont forcé l'estime de leurs ennemis eux-mêmes ; aussi l'idée de leur déraison non seulement, est insensée et insoutenable, mais encore offensante.

Non, non, ils ne sont pas fous. Mais si cela n'est pas de la folie, alors, qu'est-ce que c'est?

La vie ne peut pas toujours s'enfermer dans le cadre d'une impitoyable logique.

J'ai sous les yeux le portrait de Wilson avec son large et franc sourire; je vois ce même sourire sur les visages de ses collaborateurs et cependant, il m'est difficile d'ajouter foi à la franchise de ces sourires rassurants et calmes.

L'âme de Wilson est-elle aussi limpide que les lignes de son portrait? Les pensées de Lloyd Georges sont-elles aussi fermes et aussi courageuses que l'expression de son regard? N'y a-t-il pas en eux une peur secrète, une hésitation, une indécision inquiète, procédant de calculs qui manquent de clarté?

S'il en est ainsi, il n'est pas nécessaire d'expliquer leur attitude comme une simple trahison. N'avons-nous pas alors devant nous au lieu de l'affreuse image classique de Judas, l'image non moins classique (quoique plus vulgaire et plus répandue) de Pilate se lavant les mains?

Pilate savait que Jésus n'était pas coupable; sa femme l'en avait prévenu. Ce n'était ni un fou, ni une canaille : il était seulement Pilate et en disant: « Je ne suis pas responsable du sang de cet homme » il s'est lavé les mains et a renvoyé l'innocent à Caïphe, Caïphe l'a renvoyé à Anne et Anne l'a renvoyé à Caïphe.

Ce renvoi du Christ d'un juge à l'autre, avec la corde autour du cou, ne ressemble-t-il pas à l'invitation faite à la Russie d'aller à l'Ile des Princes.

Va, Russie, tu y arriveras à ta Croix!

Wilson et Lloyd Georges ne sont pas responsables de ton sang. Est-ce que le monde entier ne les a pas vus se lavant les mains?

Oui, chacun les a vus, et beaucoup se sont même empressés de leur tendre la serviette.

Etait-ce la peine de commencer la partie avec tant de bruit pour la finir avec le fausset de Pilate? A quoi ont servi alors la défense de la neutralité Belge et de la Serbie, la mise sur pied de millions d'hommes, l'océan de sang versé, la menace du jugement suprême pour l'Allemagne inhumaine, les pleurs répandus sur Louvain et sur le *Lusitania*, le ciel invoqué à témoin. Cinq ans de suite pendant lesquels on s'est frappé la poitrine devant le dieu de l'humanité pour finir avec de l'eau et une serviette...

Le monde attendait la victoire des Alliés comme on attend le son des cloches de Pâques, comme on attend la Résurrection des morts. Les morts eux-mêmes l'attendaient, — ces morts dont la vie paya la victoire.

L'on croyait que la victoire de ces nobles gentlemen ferait régner la justice sur la terre, que la paix instaurée par eux, serait la paix véritable du monde, et non pas le commencement d'un nouveau martyre, de nouveaux assassinats, de nouveaux massacres d'innocents.

Et quand, sur la terre trempée de sang, retentirent les cloches de la victoire, combien de malheureux ont cru voir l'aurore de l'espérance et du bonheur! Comme les visages des assassins se sont assombris et se sont crispés de peur devant la face de la Loi qui se levait!

C'étaient les jours d'un conte merveilleux. Petrograd torturé et accablé s'est mis à sourire et a cru aux Anglais comme à Dieu. C'était un songe étrange et heureux comme n'en peuvent avoir que des martyrs : les coups de feu étaient certainement tirés par les canons anglais, et tous couraient vers la Néva, pour voir la flotte anglaise « arriver pendant la nuit ».

Les criminels tremblaient et il aurait suffi d'un épouvantail habillé en Anglais pour que toute la bande de Caïns se sauvât dans une panique effroyable.

Vous accusez avec un entêtement curieux Guillaume si vieux, si lamentable, si faible. Vous voulez le juger pour les crimes de son peuple, et en même temps vous tendez la main à des assassins jeunes et forts, à des monstres et à des avortons, qui, jusqu'à maintenant, répandent le sang innocent. Et l'assassin sent qu'on lui caresse la main et il reprend courage. Il ne pense déjà plus à fuir. Il se moque de vous. Il n'a plus peur, pas même d'un Anglais en chair et en os.

La guerre est finie ! On ne tue plus ! A bas les armes ! Voilà les mots bénis que les hommes attendaient des Alliés quand leurs armes ont été enguirlandées des fleurs de la victoire. Au lieu de cela, il coule un petit filet de tiède humanitarisme avec lequel Wilson arrose des charbons ardents.

Et du sang ! du sang ! du sang !

Maintenant, comme auparavant, l'on entend des coups de feu. Tantôt l'on s'empare des villes, tantôt on les rend ; l'un pille, l'autre a la gorge tranchée ; il y a des choses brisées, d'autres anéanties...

Avec la rapidité d'un incendie de forêt qui se ranime sous le souffle de l'ouragan, la mutinerie sans but s'étend, rampe au ras du sol, éclate en arrière et de toutes parts, éclaboussant d'étincelles les herbes desséchées. Et l'Europe fatiguée, avec ses nerfs affaiblis par cinq ans de privations, l'Europe non encore remise de l'exaltation psychique causée par la guerre, l'Europe dont les masses, après avoir perdu leur tranquillité d'âme, se laissent aller aux suggestions les plus sauvages, l'Europe reste sans force pour opposer une résistance à la violence de l'incendie. L'indécision et le double jeu que font chez eux les « leaders du monde politique » les empêchent de prendre une position définitive, soit dans un sens, soit dans un autre, et les pousse de plus en plus loin dans le mortel embrassement de la révolte qui a déjà étranglé la révolution en Russie, qui étrangle la révolution en Allemagne et qui, aujourd'hui ou demain, va faire chambarder toute l'Europe et l'Amérique — quelle vaste arène de massacre et de pillage ! — dans une guerre de tous contre tous.

Aujourd'hui, Berlin est sans électricité ; demain, c'est Londres qui manquera de charbon ; encore quelques semaines et peut-être que tous les chemins de fer seront arrêtés, les bateaux de blé seront bloqués dans les ports, la faim déchaînée régnera sur l'Europe et balayera les derniers vestiges vivants des coupables et des non-coupables.

Ainsi la destinée se vengera des serments rompus, que les Alliés avaient prononcés devant le Dieu de l'Humanité.

Mais ce n'est pas aux gouvernements de l'Entente, qui ont déjà prononcé leur mot offensant, ce n'est pas à eux que va ma prière, et que mon appel « Sauvez nos âmes » est adressé. Ce n'est pas à ceux qui ont rompu leur serment, mais à vous, hommes d'Europe à la noblesse desquels je crois aujourd'hui comme je croyais hier.

Comme un télégraphiste sur un vaisseau qui sombre, envoie son dernier message à travers la nuit et la brume : « Accourez ! nous sombrons ! au secours ! », de toute ma foi en la bonté humaine, je lance dans la nuit et l'espace ma prière pour les hommes et les femmes qui se noient.

Si seulement vous pouviez savoir combien la nuit est sombre autour de nous ! Si seulement des mots pouvaient décrire l'épaisseur de ce brouillard !

———

Qui est celui que j'appelle ? Je ne sais pas. Le télégraphiste connait-il celui qu'il appelle ? A des centaines de milles d'alentour, la mer, est, peut-être, un désert, où pas une âme vivante ne peut entendre la prière.

La nuit est noire. Peut-être que bien loin, quelqu'un

entend et pense : pourquoi irais-je si loin? Moi aussi, je risque de périr... Et il poursuit sa route invisible à travers la nuit.

La nuit est noire et l'horreur est sur la mer. Mais le télégraphiste a foi, et obstinément, il appelle, il appelle jusqu'à la dernière minute, jusqu'à ce que la dernière lumière soit éteinte, jusqu'à ce que son sans fil soit pour toujours réduit au silence.

En quoi a-t-il foi? Il a foi en l'humanité, comme moi. Il a foi dans la loi de l'amour humain et dans la vie. Cela ne peut pas être qu'un homme n'aide pas un autre homme quand cet autre périt. Cela ne peut pas être qu'un être puisse en abandonner un autre à la mer et à la mort sans faire un effort pour lui venir en aide. Cela ne peut pas être que personne ne réponde à l'appel au secours.

Quelqu'un doit venir.

Je ne sais pas son nom, mais je vois comme avec une seconde vue ses traits et son âme parente de la mienne.

A travers le froid et le malheur, je sens la chaleur de sa main amicale et énergique, dirigée par l'humain désir de me secourir. Je sens sa volonté de me venir en aide, cette volonté qui fait raidir ses muscles, qui donne de l'assurance à son regard et éclaire la voie à son esprit devenu prompt et décisif.

Je le vois, je le connais, je l'attends.

Ce n'est pas pour le peuple russe que j'appelle. Ce serait une trop grande entreprise, de le sauver. Dieu seul a sur lui le pouvoir de vie et de mort.

En ces jours de malheur où le mépris et la raillerie, où les crachats des imbéciles sont la part de la Russie je crois fermement en la gloire de la vie future de mon pays. Un géant comme le peuple russe ne saurait périr!

Les gouvernements alliés veulent-ils venir en aide à leur alliée la Russie, ou bien la laisser s'arracher toute seule du marécage infect, où elle se débat? Cela n'a pas d'importance. A l'heure marquée, la Russie se lèvera de son tombeau et s'en ira de l'avant, dans le chemin de la lumière, vers la place qui lui est due parmi les grandes nations du monde.

Ce qui est terrible pour nous, mortels, dont la vie ne dure à peine qu'un instant, n'est qu'un battement de cœur pour un grand peuple immortel.

Des centaines de milliers de morts, quelques années de souffrances, qu'est-ce auprès de l'immense, de l'incommensurable destinée de la Russie?

Non, ce n'est pas ton aide à la Russie que je te demande, ô homme que j'attends.

Mais considère ces milliers d'êtres humains dont la vie n'a que la durée d'un moment et qui meurent dans d'intolérables souffrances ou qui vivent d'une vie pire que la mort!

Peu importe qu'ils s'appellent « Russes », ce qui importe c'est que ce sont des êtres dont la souffrance continue dans une nuit sans lueur, comme s'ils étaient dans l'enfer, où les torches du mal règnent en maîtresses et d'où il n'y a point d'issue.

Leurs souffrances peuvent avoir une fin, leur cou peut encore être libéré des griffes de la mort. C'est pour les sauver que je conjure l'humanité.

Ami, je ne veux pas essayer de dire combien la vie est terrible dans notre Russie d'aujourd'hui, dans notre Petrograd martyrisé. Assez de mots ont été prononcés par d'autres et aucun mot nouveau ne saurait être fourni par la langue humaine.

Mais à la somme totale des récits de souffrances, je n'ose ajouter que ceci : les victimes meurent sans défense et les meurtriers s'en vont sans châtiment!

Ce n'est pas si terrible de mourir ou de supporter n'importe quelles souffrances quand on sent derrière soi la main de la loi qui tôt ou tard, d'une façon ou d'une autre, demandera compte du sang versé.

Ce n'est pas si terrible de mourir quand on croit que tôt ou tard la conscience du meurtrier se réveillera pour le condamner, mais c'est abominable de mourir, c'est abominable de souffrir quand le crime est perpétré, en plein jour, sur la place publique, sous les yeux indifférents des hommes et du ciel lui-même, c'est abominable de mourir en sachant que l'assassin n'a pas de conscience, qu'il est gorgé, riche et joyeux, que, sous le couvert de mots mensongers, non seulement il échappera à son châtiment, mais qu'il triomphera et gagnera le respect et l'adulation de tous.

C'est épouvantable que les enfants soient affamés et meurent pendant que les meurtriers se gorgent et que Trotzky se délecte de la dernière bouteille de lait.

C'est épouvantable de savoir que dans les cimetières de Petrograd il n'y a plus de place pour les morts, et que pour les meurtriers la voie est ouverte non seulement vers l'Ile des Princes, mais dans le monde entier, où, avec les richesses qu'ils ont volées ils pourront s'offrir les climats les plus doux et les lieux les plus enchanteurs du monde mercenaire.

Je veux croire en toi, mon ami !

Mais agis de telle sorte que ma foi puisse embraser les malheureux qui, à cette minute même, plongés dans le désespoir et dans les ténèbres de Petrograd, sont prêts à lever le bras pour se tuer, eux et leurs enfants.

C'est l'âme de l'Humanité qui est en perdition.

———

Ami, que j'appelle viens à nous, et tends-nous la main !

C'est à chaque Français, individuellement, que je m'adresse. Vos leaders peuvent être faibles et se tromper, redressez leurs erreurs, et de tout votre pouvoir, augmentez et multipliez leur force.

Depuis ma tendre enfance, j'ai appris à vous aimer et à vous respecter et, j'ai pris l'habitude de chercher dans l'histoire de la vie française, les grands exemples de chevalerie et de généreuse noblesse. C'est par vous que je connais la liberté, l'égalité, la fraternité, qui sont devenues la foi dans laquelle j'ai vécu ma vie entière et que j'espère conserver jusqu'à la fin de mes jours.

J'ai sangloté quand les hordes germaines foulaient sous leurs pieds votre belle terre de France, et je sais que vous ne rirez pas des larmes que je verse maintenant.

Et c'est aussi à vous, Anglais, à chacun individuellement, que je demande secours ! C'est à vous, c'est dans votre langue qui a donné l'appel devenu une loi sur toutes les mers, une loi dont la puissance fait tourner la proue de chaque vaisseau vers tout autre vaisseau qui est en perdition. Mon appel ne peut pas résonner en vain à votre oreille.

Quand l'Allemagne clamait à pleine voix son hymne de haine contre vous, dans son chant même résonnait la peur et la certitude de la ruine inévitable, comme si elle avait su à l'avance que vous êtes des hommes dont la parole fait loi et dont la promesse vaut le fait accompli.

A nous tous, on peut donner d'autres noms, mais à vous, c'est assez d'en donner un seul ; vous êtes des hommes ! Eh bien, maintenant, jouez votre rôle d'hommes ; levez-vous, tendez-nous la main, car des vies humaines sont en péril, des femmes et des enfants meurent.

Et vous, Américains, c'est aussi à chacun de vous en particulier que je m'adresse ! Vous êtes jeunes et riches, pleins de force et d'énergie, vous tenez à ce que le flambeau de votre liberté rayonne jusqu'à la lointaine Europe.

Venez à nous, regardez notre désespoir et voyez dans quels cruels tourments se débattent nos corps et nos âmes. Si vous regardez, je sais bien que vous crierez d'horreur et maudirez les imposteurs qui présentent leur tyrannie comme le désir passionné de liberté du peuple russe.

Et vous, Italiens, Suédois, Hindous, vous tous qui pouvez m'entendre !

Dans chaque nation, il existe des hommes de cœur, et je les appelle chacun en particulier.

Car l'heure a sonné où chaque homme en ce monde doit combattre, non pour des hectares de terre, non pour la puissance et la richesse, mais pour l'homme et sa victoire sur la bête.

Comprenez-vous ?

Ce qui se passe en Russie, ce qui a déjà commencé en Allemagne et va bientôt s'étendre plus loin, ce n'est pas la révolution, c'est le chaos et les ténèbres sorties, par la guerre, des profondeurs de leurs sombres repaires, et armées par elle pour la destruction du monde.

Laissez vos gouvernements irrésolus donner des armes et de l'argent, et vous, hommes, donnez-vous vous-mêmes, avec votre force, votre courage, votre noblesse.

Laissez les fatigués au repos, laissez les faibles dans leurs foyers bien chauffés, laissez ceux, qui le peuvent, dormir durant cette épouvantable nuit, mais vous qui êtes forts et de cœur courageux, venez au secours de ceux qui périssent en Russie.

Mon dernier appel s'adresse à vous, écrivains de toutes les nations, à vous tous, Anglais, Américains et Français. Soutenez ma prière pour ceux qui périssent. Je sais que des millions ont été envoyés à l'étranger

pour acheter des journaux, que des milliers de presses
sont occupées à fabriquer et à répandre des mensonges,
que des milliers d'imposteurs tapagent, crient, troublent
les esprits, remplissent le monde de monstrueux fan-
tômes grimaçants, de masques derrière lesquels dis-
paraissent les traits humains.

L'air même est acheté et est rempli de mensonges.
La télégraphie sans fil avec ses ondes diaboliques,
pénètre dans toutes les rédactions et les remplit de
fausses nouvelles, bourdonne dans les oreilles, trouble
les esprits...

Mais je sais aussi que parmi les écrivains, il y a des
hommes, semblables aux templiers de jadis, qui écri-
vent, non avec de l'encre, mais avec leurs nerfs et
leur sang, et c'est à ceux-là que je fais appel, à chacun individuellement, à chacun et à tous.

Au secours!

Comprenez-vous le danger que court l'humanité?

Aidez-nous!

Mais venez vite, vite!..

Vite!..

Léonide Andréieff.

Imp. Union, 16, boulevard Saint-Jacques, Paris.

Léonide Andréïeff „*Au Secours !*“
(*S. O. S.*), préface de V. Bourtzeff. 1 fr. —

V. Bourtzeff „*Les deux fléaux
du monde. Les bolcheviks et l'impé-
rialisme allemand*“ Paris, 1917
(Payot et Cie) . . . . 1 fr. 50 c.

V. Bourtzeff „*Soyez maudits,
bolcheviks !*“ (Lettre ouverte
aux bolcheviks) . . . . — 50 c.

———

Pour recevoir ces éditions s'adresser à :
V. Bourtzeff, 49, Bd St-Michel, Paris.

<u>**Prix 1 fr.**</u>